O HIMENEU

1 2 3 4 5 6 7

O HIMENEU

1 2 3 4 5 6 7

contos eróticos

Sylvio Back

KOTTER
EDITORIAL

coordenação editorial Sálvio Nienkötter
editor-adjunto Raul K. Souza
capa Guilherme Mansur
editoração Bárbara Tanaka
produção Cristiane Nienkötter

Dados Internacionais de Catalogação na Publicação (CIP)
Angélica Ilacqua CRB-8/7057

Back, Sylvio
O Himeneu / Sylvio Back. - Curitiba : Kotter Editorial, 2019.
72 p.

ISBN 978-85-68462-85-0

1. Contos brasileiros 2. Literatura brasileira I. Título

CDD B869.3

18-1919

KOTTER EDITORIAL
Rua das Cerejeiras, 194
82700-510 | Curitiba/PR
+55 41 3585-5161
www.kotter.com.br | contato@kotter.com.br

1ª edição
2019

SUMÁRIO

Não espero nada. Não temo nada. Sou livre.

Nikos Kazantzakis (1883-1957)

Há de ser por modéstia que o autor deste livro se vale de Kazantzákis numa epígrafe pra nos lembrar da liberdade — ora, quem não reconhece essa qualidade quase assinatura na produção do cineasta, escritor, roteirista e produtor Sylvio Back? Liberdade, ousadia, provocação, crítica, mas sobretudo uma preciosíssima leveza — vamos entrar sem nem pedir licença por esses meandros e trilhas em uma leitura divertida e irreversível desses contos do *Himeneu*.

E tem deuses gregos e suas exóticas forças pululando em/com/sem cerimônias. Tem casório de noiva com pais vigilantes, numa atmosfera de *Teorema* e benção de Nossa Senhora da Luz dos Pinhais. Tem lances de física quântica, tântrica, cítrica, elétrica; entre chuvas (e alagamentos) do sul e universais reconhecemos a Madá vulcânica. Leia esses contos. Tem todas as mulheres de Silvana a Jane, de Ingrid a Messalina, passando por Afrodite e Rô, Oscarina e Sherazade. Cama kingsize, espectadores, fisgadas, benção, filosofias, cavernas e ladrões, dancinhas e incêndio, tem. Tem sobretudo a exatidão do fortuito no peculiar zoológico (de fino cristal, subentenda-se, mas com tecnologia ao mesmo tempo pré-caverna e pós-moderna — garantem os anjos em uníssono).

Se se foge de Eros, vem Godzilla, se se foge de Tanatos, vem um cineminha na floresta encantada. Portanto, como sugere Nikos K, não tema nada mesmo, que nosso sempre admirável Back convida e dá banquete. Afinal, é preciso admitir-se livre pra ouvir a alegria dos homens ao órgão. Leia e ouça.

Luci Collin

O HIMENEU

Casório suntuoso. Catedral semideserta. Por tudo aquele insuportável cheiro de flores em Dia de Finados. Por que na Catedral? Dá status, idiota, sentença do futuro sogro, patrono do magno evento. Com Jesus Alegria dos Homens ao órgão, o Noivo tasca beijo de língua. Sentindo aguinha roçando os lábios da cona, a Noiva exclama baixinho: Ei, você quer me comer aqui, no altar, hein? Desejo de meses, benzinho – contra-ataca o Noivo, já de marzapo tinindo. Dá licença, puxa vida, amor, eu mereço! Na resposta sacou que nova duchinha adornava o trevo rúbeo da Noiva. Nos cumprimentos houve quem, afoito, entregasse ao Noivo pacotinho de amendoim. Sem casca, é claro! Os convivas se divertiam tricotando sacanagem; os machos verdes de inveja daquela buceta zero km de única e exclusiva gerência do Noivo; as moçoilas cegas de luxúria, almejando o membro recém bento do Noivo. Afinal, casamento é a quermesse dos *soi disant* países baixos!

Breve lua de mel na suíte presidencial antes da viagem às Ilhas Seychelles, que nenhum dos dois sabia onde ficava. Praquê, também! Hotel com cama *king size, perfecto* para o acasalamento majestoso dos nubentes. Depois, o pacote turístico está bem em conta, dá até direito a um daiquiri por hora, confidenciou o patrocinador à excelentíssima esposa e "sogrinha", no trato afetuoso do Noivo, cheio de charme. Esse sujeito vai acabar comendo mãe e filha, putaqueopariu, assuntava o pai tão cioso da sua senhora e da primogênita quanto fanático espectador do filme "Teorema". É Deus no céu e Pasolini na terra, digo, na tela, consertava às gargalhadas. Um homem de respeito, portanto! Infelizmente, a mulher em nada lembrava a gostosa Silvana Mangano. Não se pode ter tudo, bajulava o Noivo, repicando sua intimidade com Silvana, digo, dona Gerda.

No leito, ainda seminus: O dedo, não! Dedo, não, pelamordedeus! *Plís*, bota seu pauzinho, *darling*! Pauzinho? congelou o Noivo. Enfia com doçura, cuspa nele, no seco machuca. Enfia essa enguia, seu puto! levantando a voz. Quero sentir teu caralho! Na hora, tonto e torto de tesão, o Noivo nem estranhou as *malas palabras*, pensou em espanhol, ele próprio buenairense perdido na city que ri — aprendeu o epíteto de Curitiba — "cidade sorriso".

Um ano de namoro, outro de noivado, tudo nos conformes, todo *gentleman* e cândido circo de beijinhos, hímen selado, os pais vigilantes no lusco-fusco na TV da sala de estar. O cinéfilo, principalmente, como um gladiador de Kubrick, defendia a invencibilidade da filhota como um leão da Metro. Em parte, pois, pois. Na varanda, eventuais apalpadelas nas arrebitadas tetonas dela, um monumento de carne e que *tales, por supuesto* — repete, saliva à solta. De vez em quando, OK, desabotoava o sutiã e o Noivo punha-se a chupar as divinas tetas como se fossem da mamãe. Ela estrebuchava toda, gozando numa boa. Como ele, só que fingidor mor, mesmo quando enxaguado de porra e com uma fisgada aguda na glande. Memorável, aliás! Tortura de Eros é sempre benção, filosofava nesse ápice glorioso.

Quando a coisa evoluía para os países baixos, o máximo dessa circunavegação era os dedos do Noivo cofiando puta chumaço sedoso protegendo a caverna dos quarenta ladrões. Qualquer atitude proativa daquele Ali Babá, rubro de amor pra dar, indicador em riste, era admoestado pela Noiva, obediente às advertências de dona Gerda: só casando, meu filho! lambuzando os ouvidos do incauto marujo que, sorrateiro, ficava aspirando a palma da mão feito *junkie*.

Como Eros tem coisas que até Deus duvida, para tal o Noivo, embasbacado, mas feliz, não tem queixa alguma. Ainda que reconhecendo a atitude da amada como autoritária, monocrática e, se levada no rigor da lei, sim, um verdadeiro estupro. E não é que a Noiva, nas noites de solidão no lar de dona Gerda, com os róseos seios expostos, despida de todo senso de isonomia, após florilégio de espasmos só amamentando o Noivo, ela se atirava *con gusto* sobre o comandante em chefe do ínclito rapaz. E ficava ali, impune, num torque de virabrequim, babando feito recém-nascido, até a ejaculação a jato do Noivo, o que nunca tardava, diga-se *en passant*. E mais, com a bochecha cheia do precioso líquen (milhões de criancinhas mortas nessa impune esbórnia, pensaria genuflexo o Noivo, devoto do santo *hermano*, Gauchito Gil!), a Noiva, mui sábia e safa, punha-se a mastigar o prepúcio dele como se pão de ló com leitinho morno fora. Oh bendita dor!

Mesa posta no quarto; os buquês de flores, o Noivo, cafajeste, dera um jeito de jogar no corredor do hotel. Fritada de camarão é afrodisíaco, ensina enquanto estalam os beiços dilatando as narinas de prazer. Com champã, então, não há pau que resista, repete para si. No entanto, curiosamente, a volúpia da Catedral teimava em tardar. Em meio a beijos mareados, sôfregas lambidas no cangote e nos seios, tentativas inúteis de tirar o vestido da Noiva, o elemento mantinha-se pasmo.

Pressentindo o desastre, tiara de margaridinhas silvestres soltas nos cabelos, ela corria pelo quarto, pezinhos de chinesa com unhas magenta, balouçando. Escondia-se atrás dos móveis e cortinados, atentando o Noivo como se nada estivesse acontecendo. Estava.

Numa dessas, surpresa, alternadamente, botava as coxonas de fora como vedete de musical, e bis, outra surpresa, as coxonas vinham cobertas de impensadas meias arrastão pretas, feito aquelas coristas das chanchadas cariocas. Ia lá o Noivo imaginar isso: sua prendada Noiva de meias arrastão pretas sob o vestido nupcial! E arreganha uma, depois a outra perna, a dança encanta o Noivo que, intempestivo, se joga sobre as cortinas grenás, bate a cabeça na janela, ganhando um galo igualmente grená. As gargalhadas sacanas dela é a única trilha sonora. Enquanto isso, o maçarico continuava apagado. Da testa escorria fio de sanguinho que devia era escorrer de outra freguesia.

Com o Noivo aplastrado no chão, a Noiva, toda condoída, assistindo ao deprimente espetáculo, sorriso aberto, vem se esgueirando até ele, trejeitos de crocodilo, o lordo empinado e bamboleante. Maravilha, Deus é pai! Rezou à socapa, toda desgraça tem lá sua graça. E, numa rapidez inusitada, a voraz Noiva foi se atracando ao ex-pau túmido e aos bagos calvos do eleito, ambos, a propósito, ternamente enrugadíssimos. Ao engolfar o conjunto da obra, foi firme: vou acabar com você, cabrão. Vou te capar com meus dentes! Esses penduricalhos não servem pra nada, visse? Meu Deus, apelou mentalmente o Noivo: será que esse é o único destino erótico com minha doce noiva que me deixou a seco por meses a fio?

A bem da verdade, eu ficara viciado na sua boca, naquelas mordidas assassinas, naquelas sessões de tortura do bem, e agora, estou aqui inerme, implume, impoluto, mole feito bolacha Maria mole. Mas nem tudo está perdido quando se está de Maria mole e a mente ereta. Óbvio, aquela catadupa de saliva cálida fez o Vesúvio ressuscitar e expelir larvas do mais lídimo êxtase primal!

Como o espetáculo não pode parar, com aquelas meias arrastão, mais pretas do que nunca, escamoteando as soberbas coxas decoradas com uma plumagem nívea que eu nunca tinha osculado, a Noiva ficou rolando como uma salsicha na brasa de um lado pro outro. Os pentelhos me atraíam (sou vidrado em mulher cabeluda, do sovaco à buceta, pode crer, alegra-se o Noivo!), mas pareciam inacessíveis, porque só surgiam por nano segundos. Coxas, bunda, coxas, bunda, de vez em quando eu vislumbrava o cuzinho, aquele bel pretume enrustido, mas retornavam coxas, bunda, coxas, chumaço, e eu ali, não entendendo nada. Ora, estou entendendo tudo, amigo, confidencia o Noivo para si, pode tirar o cavalo da chuva, cabaço naquela noite era improvável.

Ex abrupto, como se calculado, Silvana Mangano fica de bruços, aquelas antológicas nádegas, alvo litoral de voluptuosidade, tudo no ponto e pronto, sem celulite (pô, desde quando homem dá bola pra celulite na hora da foda!), albergando o que jamais em tempo algum eu imaginaria ficasse disponível. Afinal, cu de esposa é como cu de mãe, ninguém tasca, é inviolável, é seringa de hospital. Artes de Messalina. Mas La Mangano, com aquelas incríveis meias arrastão, nigérrimas, acabadas em rendinhas de Florianópolis, idem, ébaníssimas, a fina renda de bilro quase chegando ali na intersecção das suas mega pernas, o delta do Mekong que dá sentido à vida, *yes*, a úmida Noiva queria porque queria. Oferecia-se como deve ser: esposa ou puta, nesse quesito, qual a diferença? Bateu o tesão, é bola pra frente, literalmente! O pau do Noivo a essas alturas era uma sequoia. Os olhos e a cabeça não queriam acreditar no que viam, aquela dádiva dos deuses. Um manjar a degustar com tudo, e vejam só, em plena madruga da lua de mel. Contando assim ninguém vai acreditar.

Tomado da mais intensa euforia, o Noivo arregaça a glande, saliva bonito inundando o cazzo, que fica lustroso como sói: agora seja o que Deus quiser, se enche de si o invencível Spartacus! Delicadamente, *comme il faut*, vai abrindo os gomos do precioso acepipe carnal sob seus culhões e logo, sem delicadeza nenhuma, tipo motor quatro por quatro! (aprendera que mulher adora levar no cu de com força, dito assim), assesta seu generalíssimo com total arrogância e decisão no rabecão dela. Vapt vupt, pois, pois, crente que sua adorável *starlet* vá gritar de dor, espernear, pedir pra recuar a tropa do *front*. Eis que, com o Noivo de chofre atônito, em meio aos gemidos da amada, coadjuvados por uma torrente de caridosos puns, ela implora cheia de paixão: – Ái, papai, ái paizinho, mete mais, vai fundo! Puxa meu cabelo, mete tudo, ái papai querido, faz sua filhona gozar, faz, faz! Assim, assim, quero gozar no cu e na xota, paizinho! –

MADÁ 7.0

Revejo-a. Meio século depois. É muito tempo, hein? Ou, não? Para um morto é pouco, você diria! O rosto chapado, encarquilhado. Como o meu. As coxas inda magníficas (dá pra ver pelo volume do andar). Iguais às minhas, obra e feitio da musculação para macróbios.

Revejo-a, assim, sem mais nem menos. Esquecida, esquecida estava para sempre. Agora, intacta, incólume, impávida, como é que pode? É isso que se chama física quântica? Numa rua qualquer, num dia, idem, numa tarde única. Aquela chuvinha maldita de Curitiba.

Falta, o quê? Meio segundo para eu reconhecê-la? Rápida no gatilho, ela não se demora nada. Cabelos desarrumados, é o vento sul. Alisei os meus, mais branquelos do que os dela. Devem ser pintados, invejei. O que importa, afinal?

Num primeiro ímpeto, os corpos simularam se grudar ali mesmo. Feito ímã, um tanto gasto, pois não. Mas, antes que algum calor transite entre nós, só leve enrubescimento: alerta vermelho, ora direis! Aliás, mútuo, coadjuvado por uma fisgadinha, alhures. Nem tão alhures, confesso, infelizmente, impossível nomeá-la nesse átimo. Ao nos tocarmos, bingo! A vertigem vira tremor. Ou será temor? É aí que a desfrutável Madalena faz-se a deliciosa Madá do baile de Carnaval de 1958.

Aqueles *huge*, põe *huge* nisso, úberes dignos do Museu Erótico de Berlim! Em tempo: úberes é bom demais (não se contém e sai o incontornável autoelogio!). Esquecê-los? Impossível, se eles mantêm-se absolutamente ufanos! Toda vez em que nos encontrávamos, dito e feito, Madá tinha orgasminhos em série. Como se fosse dar um troço nela. A orelha, em chamas, os lábios, arfantes, olhos de lobisomem.

Madá se imolava, era um Kilauea de Eros. Coisa rápida, imperceptível a quem passasse ao largo. Eu, sim, testemunhava fingindo que não. Sabia e mui dadivoso ficava enxugando umas lagriminhas alegrinhas escorrendinho pelas bochechinhas.

Nem preciso dizer que agora o incêndio se reprisa com a mesma intensidade. Tesão não tem idade nem cabimento. O tranco, porém, é maior, na chamada idade avançada! Como é que pode? Como é que pode, santo Deus? Será que Madá conseguira recapturar, nesse exato fortuito, todos os gozos que tivemos? Memória afetiva, como é mesmo o nome disso? Ou será que é pura imaginação, como alguém que jamais se olha no espelho nem pra se pentear? Existe essa pessoa?

Madá, ao menos, continua o orgasmo tal qual, na jugular, como se diz. Tremelica e, curiosamente, não fica mais tão roxinha. Ao contrário, parece que rebobina gozos estrangeiros, de outrem, de outrens, esse neologismo me ocorre diante da volúpia dela. Céus! O que não se faz e pensa tomado de incontida volúpia. Madá: luxúria nuinha e cruinha, vestida dos pés à cabeça.

Subitamente, o agarra-agarra vira atentado ao pudor. Ou, ao rubor? No meio da calçada, gente se entreolhando, carros diminuem a marcha, bisbilhotice geral. Que velhuscos sem noção! Um pião carnal a toda. Ela enfia as coxas nunca assaz tão carnudas entre as minhas pernas. Não deu outra. E, com todo respeito, ejaculei como nunca dantes (Eros não perdoa, dispara!).

De onde é que saiu tanto porra, oh Gísus Craist? Pensei cá comigo, sem disfarçar um sutil toque de vingança. Mesmo com o coração e a alma ululando feito Tarzan, tive como pensar. Aleluia! Foram precisos gloriosos cinquenta anos para que eu recebesse o troco absurdamente latejante e umectante. Aquele menininho tesudo de antanho que fazia Madá gozar, agora era um velhinho encharcado de Madá sete ponto zero. —

OS PEITÕES DE JANE RUSSELL

SEQ.01 – INT. CINEMA – DIA

No lusco-fusco de uma sala de projeção, LULU (adolescente em torno de 15 anos, roupa de domingo e cabelos engomados), solitariamente sentado numa poltrona ao fundo, é surpreendido masturbando-se com a mão enfiada na braguilha.

Estamos num CINEMA do interior, anos 1940. A plateia manifesta-se com estardalhaço a cada aparição da atriz principal, cuja voz rouca e sensual ecoa pelo ambiente feito missal.

Na tela, CENAS coloridas do filme, "O proscrito" (*The outlaw*, 1943), de Howard Hughes, estrelado por Jane Russell.

No desenrolar da cena em que Jane Russell aparece deitada sobre alguns engradados de feno, excitando o namorado, e com Lulu, olhos vidrados nos mamilos dela (estrategicamente inalcançáveis pelo amante), gemendo baixinho, ejacula à grande, gozoso chafariz de prazer!

Justamente, com o público em êxtase, súbito os fotogramas na tela se distorcem, fumegam e começam a queimar lembrando a fogueira que imolou Joana d´Arc (Lulu, cinéfilo de carteirinha, recapitula a terrível imagem de Ingrid Bergman em "Joana d´Arc", de Victor Fleming, que vira há poucos dias).

Imediatamente, gritos, muxoxos, palavrões, chistes, as luzes da plateia são acesas. Entre estupefatos e decepcionados, alguns se levantam, a maioria sacode os ombros, abobalhada: culpa de quem? Outros põem-se a bater palmas e pés. Doravante, ninguém se entende.

Lulu, sem fazer coro, sobraçando com mor carinho uma penca de revistas em quadrinhos (com cuja venda completava a mesada para financiar as matinês), rapidamente se abotoa, deixando atrás de si o eco do início do quebra-quebra de cadeiras.

SEQ.02 - EXT. CALÇADAS - ENTARDECER

Trêmulo e sem fôlego, postado do outro lado da rua, o rosto de Lulu é medo, raiva, impotência.

Como assim, Jane Russell desapareceu, agora é uma tela branca, é só poeira de sujeira? Lulu deixa transparecer leves espasmos de arrepio, outras, indeciso, ensaia como quem quer entrar nessa. Até, quem sabe, intervir para acabar com aquilo, trazer Jane Russell de volta à telona, desejo e sonho de todos!

Apesar da boca aberta (aliás, vivia boquiaberto, era sua marca registrada: cenas de filme sempre o deixam atônito!), Lulu vira estátua. Na retina, lampejos de fogo, sombras sonoras da multidão enfurecida que, em procissão, evade-se do cinema. Santa Joana d´Arc perdoa, eles que não sabem o que fazem! — implora num ventríloquo movimento dos lábios.

Quando o cenário se descortina, pisca-pisca de pequenas lâmpadas em *technicolor* apresenta a ex-imponente fachada do cinema, "CINE TIGRE ROYAL", cuja arquitetura denota a majestade de seus dias de glória.

Na calçada defronte, acumulam-se bobinas de celuloide, fotografias de cena arrancadas das vitrinas, cacos de vidro, cortinas de veludo e poltronas arrastadas, mesas, urnas e gavetas com ingressos rasgados: os vândalos se saciam e saciam a enorme fogueira.

Como se não bastasse, colegas do ginásio, aos berros, incentivam Lulu a acompanhá-los, ao que responde com meneios e tímido gesto da mão, dedos ainda grudentos de esperma.

Num empurra-empurra do capeta (desculpe a má palavra, Ingrid, santinha!), homens de paletó e gravata disputam com os adolescentes o ritual terrorista de chutar chamas e cinzas que não conta com as poucas mulheres da sessão, algumas choramingando, outras rindo. Solitárias parceiras de Lulu na surda e muda perplexidade.

Não demora, além dos espectadores do "Cine Tigre Royal", forma-se vasto cordão de curiosos que se solidariza em gestos e atitudes com a algazarra, ora aplaudindo e gritando palavras de ordem, ora atirando objetos alheios ao desvario do inferno na torre (cinéfilo é assim mesmo!): "Acende a luz, não enxergo nada!/ Vamos quebrar tudo!/ Queima o filme! Queima!/ Quero meu dinheiro de volta, filhos da puta!/ Cadê a cena das coxonas da gringa?/ Ladrões de filme!/ Toca fogo na tela!/ Quem roubou os peitos da Jane Russell?/ Quem? Quem?/ Viva os peitão da Jane Russell! VIVA! (coro)".

Quando a violência e a balbúrdia pareciam arrefecer, de repente, vindo do interior do cinema, célere, abrindo caminho na marra entre os manifestantes, cujo ímpeto já tinha ares de tédio, surge HOMEM empunhando CARTAZ de "O proscrito", as extremidades rotas, rasgo no rosto *blush* de Jane Russell. Com especial carinho o estende sobre a fogueira, o que, ato contínuo, reacende a algazarra e a excitação do povaréu. Menos em Lulu, trincado de dor como se socado no estômago.

Inerme, assistindo ao rosto e à efígie de Jane Russell esmaecidos em câmara lenta pelas labaredas, Lulu não evita as lágrimas que, sorrateiramente, algumas cabem no bolsinho da camisa. Ali, cioso, guarda tesouro que deveria estar em Fort Knox (onde os americanos guardam todo o ouro do mundo, rebobina mentalmente o seriado "Dick Tracy"!). Enfia os dedos no almejado cofre, coincidentemente, à altura do coração e dali extrai maço de FOTOGRAMAS COLORIDOS, brilhantes tirinhas de celuloide estampando flagrantes sensuais da atriz. Cortados das cópias pelos projecionistas dos cinemas, o manancial era comercializado a peso de ouro. Lulu é famoso traficante dessa mercadoria na escola, além de seu mais contumaz usuário para os devidos fins!

Entre apavorado e extasiado, alternando o olhar para o incêndio onde Jane Russell se extingue e nos fotogramas eróticos continua incólume, de repente Lulu pressente suave ereção. No rosto de espinhas em carne viva de tanto arrocho, inelutável paisagem de apaziguamento. Amor de cinema é isso, se conforta, fechando os olhos, cabeça sobre o aveludado regaço de Jane Russell. –

MENINA LINDA

Renato veio dos cafundós maldizendo quem lhe deu o primeiro tapa e o destino que foi tal qual: terra é que nem mãe, depois que se perde, o valor aparece. Não se pode ter tudo, dá um azar do cão (sobras do pensamento dele). Mas perder sem volta é ódio tinindo! A não ser que Eros compense (Eros é Pai!).

Esgueirando-se pelo leito gasto das ruas de Antonina, os calombos do meio fio rivalizam com os das costas, fica aí remoendo que melhor era ter reagido: o diabinho (leia-se, o chamado "baixo ventre" dos miolos) venceu!

Afinal, barriga bojuda de fome aguda lá como aqui, símiles, balançou a cabeça. Agora é com "ÊLE" - olhos vítreos topando nuvens de azul celestial dignos do altar de Nossa Senhora, estranhamente, pensou no ESPÍRITO SANTO em maiúsculas! Que coisa! Desde quando moleque não conseguia escrever com minúsculas! Pensar, então, como seria?

Como quem está defecando numa fossa turca, braços, pernas e joelhos enfiados no vão das dobradiças, grotesca maçaroca de saltinhos no encalço de grama novinha em flor: gafanhotão estendido sobre inefável roça de paralelepípedos apinhada de inocentes caules.

Deixem as pedras vestidas de grama em paz! Ela chega ali, ninguém sabe a troco de que, e de onde, ninguém chama capim pra crescer, mas ele cresce assim mesmo (que natureza desnaturada, vamos combinar?), avança sobre nossas mãos, pernas, costas, boca e narinas, tudo é lama e lâmina, menos o lusco fusco da aurora. Não dizem que o verde é a cor da esperança? Putaqueopariu — foi o que se ouviu sem autoria! Só se for na caixa prego, idem!

Sinistro no arrasto, raros golpes da testa como se fora uma viseira sob o boné desbotado pelo solaço. É pra checar a distância que vai ficando (nem acredito, grunhidos sem autoria, ibidem), só o baço do gomo carcomido é o presente: chutes dependurados à altura do nariz, pneus chispando bem pertinho, calam os inaudíveis monossílabos de Renato, Tobias, Cacá, Wigando, o "alemão baleia". Ih, ia esquecendo do crioulo (ele nem vai ligar, sabe que é sem nome, pois, fica "Crioulo" e pronto!). Se tartamudeiam mais palavrões do que outra coisa, a quem interessaria?

Vejam só, um quinteto de desgraçados grogues com o lúgubre escapamento dos ônibus e, vejam só, felizes com ínvias lufadas escrotas que vêm do puteiro quadra e meia dali, misto de alfazema, cigarro, *Underberg*, e, vejam só, vômito de cachaça, macarra e feijoada! Sem falar dos transeuntes que dão chutes no ar como se fossem cobrar pênalti com nossas cabeças (nojentos!).

Como que acostumados, todos os dias ficam assombrados por um paredão de renitentes gramíneas, de tão ínfimas parecem aqueles terríveis mini dinossauros dos filmes do Spielberg. Sem pânico, tudo lá tem sua contrapartida pra esse bárbaro fardo de Renato e Seus Blue Caps (sim, fazendo de conta que são uma banda, cantam arrevezados pra espantar o madrasto fantasma do destino, a versão de *I Should Have Known Better*, dos Beatles, "Menina linda": *"Ah! Deixa essa boneca,/ faça-me o favor/ Deixe isso tudo e vem brincar de amor.../ De amor, hei hei hei de amor"*(*). Seria demais pedir que soubessem o que significa "Blue Caps". É isso aí, bicho! — intervém o *bandleader*, papagaiando o que viu vendo seus ídolos na tevê.

Mas, quem os flagrasse quebrando o pescoço para surpreender as calcinhas das normalistas do Colégio Internato Nossa Senhora do Pilar, com seus saiotes plissados ao léu, as coxas branquelas de dar água na boca — sabia que eles sabiam. O negão, babujado de baba, jura que viu a penugem e o grelo rosinha de uma delas, a mais afoita do grupelho, que todo santo dia passava fuzilando lascívia. Como se brincando amarelinha, ficava desviando com o sapato envernizado por entre suas mãos enganchadas no ferro; uma vez, ela pisou nos polegar do negão que gritou feito o capeta. Não foi de dor, foi um gozo espectral (espectral? donde você tirou essa palavra, seu preto burro? — espicaçou Wando, afundando a testa com seu *blue cap*): tá lá no gibi do Capitão América, achei bonito! Boniteza acima de tudo, correto? - ironia era com ele mesmo.

Unhas verdolengas e roxas cicatrizes se lambuzam de orvalho na ligeireza do corte, afiado e atilado (que pôrra de rima troncha é essa? — sibilou o capataz: ainda bem, meio que analfabetos de pai e mãe, esses merdas jamais vão entender o disparate!). Eito mecânico, com certeza, porém, supervisionado à distância, justamente, pelo patrão que lê jornal com buraco na página pra assuntar quem fizesse corpo mole.

Pinga da boa às escondidas, sem *pobrema*: pobre só funciona no trampo de cara cheia e fica cheio de onda no português *pop*! Antes homenageia Oxóssi, ingere num upa, nas entranhas um soco de vida e morte buscando o tesão e o desejo perdidos. Nessas nem Jesus salva (fala que eu escuto!).

Mesmo assim há um equilíbrio bestial neles todos quando aquelas meninas de bochechas sardentas e de acnes inflamadas, peitinhos nascituros, armadas de rebolados cruéis que os atiçavam catolicamente justo na hora do Angelus, quase um aperitivo pra marmita, um zoológico de carne ditosa para estas bestas quadradas, isso sim!

Teimosos, tementes à morte e a Eros (e quem não, Tobias, o metafísico acidental!), retornam a cada manhã, ânimo extenuado, borra de café morna, vontade de comer o capinzal que se estruma na ponta da calçada depois de liquidado ontem: dizem que quem entende vence os bem mais fortes. Mais uma mentira da grossa. Há que engolir! Me inclua fora dessa!

Nos mesmos acordes foscos do aço lambendo o meio fio, da faca de mesa que se engastara dedo entre dedos, vergões estriados na manga: Renato ensaia doidos meneios e lances sem ciência. É uma pulsação, o capim torado sob os pés é uma crosta de trabalho e humilhação (a gente merecemos, todo conformado!) que se perdeu nos anos. Mas Renato e seus *blue caps* não são tão obstinados quanto as pequeninas hastes que se alinham, semana vai semana vem, mês que vai mês que nunca termina, feito velas de aniversário, aquelas malditas cuja chama sempre ressuscita. Que horror! Há que decapitá-las! — esbraveja o crioulo.

Só que certo dia, nem se lembra como, Renato viu-se encilhado, a gororoba rolou pelo bueiro, a turma se entreolhou abestalhada, o que deu nele, sumiu? — a chusma se assuntando pelo olhar. Parada, de pernas abertas, a canela ouropel escapulindo do soquete sujinho de sujeira, a nobre maestrina cobriu seu rosto, o topete e até o *blue cap*: Renato caiu em si. Nada se via e pouco se ouvia. Rumorejar, nem pensar, só o quebra-

-mar do roçado sobe e desce no nariz e no queixo. Melhor agonia, impossível, calcularam os *blue caps* numa só (é um pessoal afinado). Estavam com razão!

O intimorato Renato, a respiração aguada, tentou distinguir-se do capinzal, desvencilhar-se da deliciosa floresta de pigmeus em forma de lanhos de Eros cálidos como sangue. Uma leseira do belzebu se incrustou nos tornozelos, subiu brutal formigamento ao peito, espraiou-se pela cabeça, tronco e membros. A boca embolada de prazer tal qual seu pé de mesa feliz da vida!

Não era uma questão de vontade, pois de desejo, muito desejo e mais suor ainda. Cadê o Capitão América, meu Deus? Será que Renato aguenta? — se pergunta a matilha (nem precisa lembrar: em coro). Não é para essas emergências que os super-heróis servem, quando a perigo é que a gente clama por eles? Só logrou articular sem abrir os dentes: Fantasma, Superman, Godzilla, *help, help me, please*! É muita buceta zero Km pruma bocarra só! Pobre *bandleader*, o pensamento ficou na ponta da língua toda ela erecta!

Polícia, Renato! A polícia pode aparecer, Renato, o povo tá frestando e gostando do que imagina! Renato tome tento! Somos apenas seus fiéis *blue caps*, e polícia é polícia. Desce logo o sarrafo e depois pergunta, que nem filme americano. Vá em frente, Renatão! — grunhou o tedesco, em solidariedade bélica! Faça de conta que ninguém espreita. Seus putos, vão tratar da vida! Manda bala, agravou Wigando. Força aí! Ela tá liberando geral — desafina o pretão abrindo a braguilha: sua safada do saiote e da calcinha enfiada no rego do cu pra fazer cosquinhas nas entrefolhas da carne — com certeza. Benção Pai nosso que estais no céu. Haja caralho, meu pai do céu! Socorro!

Foi então que todas as divas do Colégio Internato Nossa Senhora do Pilar, como se convocadas por uma voz inaudível das profundezas do gozo, cercaram os indigitados *blue caps* numa ciranda cheia de risinhos. Dão-se as mãos, cadernos presos na cinturinha de pilão (a ocultar deliciosos umbigos!), e dançando feito as vedetes do Can-Can, acredite, engrossaram em harmonia (agora é a vez delas!) o hino nacional dos *blue caps*: *"Ah! Deixa essa boneca,/ faça-me o favor/ Deixe isso tudo e vem brincar de amor.../ De amor, hei hei hei de amor"*.

Foi a senha a que os indigitados cortadores de grama, esquecidos barnabés da Prefeitura de Antonina, se digladiassem à grande em tributo ao êxito carnal do Renato, o glorioso mentor dos *blue caps*, protegido pelas cuidadosamente bem plissadas saias plissadas das ínclitas senhorinhas.

Nota de pé de página: por sinal, que servem (as *jupes plisseés!* — autoria n/n) pra isso: manter no anonimato estas virgens de sacristia enquanto seus escravos vertem láctos sugos entoando a plenos pulmões (claro, todos juntos!), inesperadamente coadjuvados pelas doces vozes de seus algozes: *"Menina linda eu te adoro/ Menina pura como a flor/ Sua boneca vai quebrar/ Mas viverá o nosso amor (...)"*.

Desde então, nunca mais, meio-dia com sol estúpido, Antonina deixou de ter suas ruas livres do monstruoso e implacável capim carnívoro entre paralelepípedos que tantas opíparas lições trouxe às virtuosas alunas do Colégio Internato Nossa Senhora do Pilar. —

(*) "Menina Linda" (*I Should Have Known Better*), de Lennon/McCartney (versão Renato Barros), com Renato e Seus Blue Caps (1977).

ANTES DAS CINCO

Prólogo

Aquele *fog fake* do veranico curitibano doía até no escarro. À frente, íngreme a rua sombreada pelos prédios e transeuntes nem tão perdidos quanto Lívio. Lívio, o Sexta-Feira da hora, ficciona-se sem muita convicção. Ignorava tudo, mãos atadas à solitude, pálpebras ruídas, sonolência. Como é madrasta esta cidade, rosna. Sem querer, ao final do epíteto veio baba amarela que fedia, sei não: espichou-se sob o corpo, horripilante.

Eram quatro e pouco da madruga quando se tornara um homem azado, melhor, um pobre coitado mesmo. Que novidade! Até esquecera como acabou entortado ali. Ah! Sim, lembra-se. Grotescamente, seria o mínimo se estivesse de posse do que já soube alguma vez na vida.

Carros piscavam, outros brecam, contornando a ostra no pretume. Motoristas gritam: "Quer morrer, vagabundo!"; "Ei, bebum, levanta daí!"; ou piedoso: "Tá ferido, quer que eu te leve no pronto-socorro?".

Nem ouve direito tamanho o torpor liquescente de sua prostração, arranhando o bico dos sapatos — como deixei que isso acontecesse, logo eu, que nunca relaxo? — a consciência voejava.

O asfalto gruda no cinto, remói os joelhos. Mãos assadas, visão catarata, escurecendo. Bate um pressentimento de que ia morrer. Existe isso? Assim, do nada? É que rareavam as lembranças, as de agorinha, de há pouco, coisa de minutos atrás, tela preta. O corpo fremia a cada golpe de oxigênio.

Felizmente, como um assustador holograma, eis que a negona Oscarina, unhas mix azulão e rosa *shock*, peitões pidões, ancas de potranca, se alumia ante seu olhar esgazeado. Vem, vem, alemão da minha vida! — é cicio mastigado, salivoso, é chispa de retina, a reencarnação de Afrodite? E estende a palma da mão nórdica, os dedos mulatos pontiagudos. Pronto, Lívio, são e salvo: do terrível breu à lascívia da deusa da noite.

Ato 1

Demorou um cadinho, todo suado, é corpanzil de viés no espelho baço da penteadeira. Lívio vai se ajeitando na cama em desalinho, travesseiro sem fronha, catinga. Melhor que a rua da amargura — balbuciou com esse verso idiota. A verdade é que a vaziez do quarto fazia par com a solidão, mesmo resgatado do transe por Oscarina.

Doravante, o que conta é o luxuriante recorte dela, nudez acintosa, toda orgulho, aquelas coxonas: meu Deus! Oscarina, como babujar essa parelha de uma tacada só? E o que dizer dos bibicos, pecaminosas ameixas de dar câimbra nos beiços? — verdadeiro atentado ao tesão de Lívio, isso a Polícia Federal não vê! — sorri com a bobagem vinda assim de supetão, na esteira daquele "rua da amargura" — desafogando o turbilhão de já hoje.

Oscarina nem aí, mordisca os lábios ardilosos, embriaga-se com eles no reflexo. Para Lívio, sorvendo mentalmente o acepipe, já chegam umedecidos. Oscarina, refém de amores tidos e fruídos, Lívio sabe disso, mas nem se importa: é o amante da rendição dos sentidos. Importante é seu nome articulado bem baixinho quando se dá o atracamento fetal: Líií-vio, Líií-vio. LÍVIO!!!

Resta ao ex-batráquio sorrir para ela, o libidinoso esgar prenuncia a procela a vir. Dito e feito: Oscarina põe-se a soltar decibéis ascendentes de excitação, entrecortados por áis em pânico e um maremoto de perdigotos. Lívio troncho. Enlace de bocas e línguas, arroubos, chios, baques de epidermes, gemidos, braços e nádegas, axilas e corpos: globo da morte e da sorte. Dores gozosas sem a mínima trégua. A cama fica abandonada no cenário. Oscarina escravocrata, Lívio no tronco.

Dorso e pentelhos desnudos, cara e peito colados à parede — Oscarina, impoluta, põe-se a soprar palavrões no ouvido dele. Lívio absorve o tesouro verbal que tantas vezes já o deixara a pino: Aleluia! — berra ao sentir o doce torque das carnes.

Oscarina vampira, sangrando, diagrama a nuca de um Lívio geiser cuspindo prazer. Quando seus dedos apertam a jugular na insana tentativa de asfixiá-lo, estranhamente o buraco da fechadura abre-se para os amantes: alguém na encolha. Oscarina pressente perigo totalmente alheio a Lívio, ali fremente.

Em meio aos açoites assassinos dela, como se desplugado — foi a única explicação que lhe ocorreu ao perdê-la de chofre — Lívio fica, irremediavelmente, ao léu, o desejo na bandeja. Ainda assim consegue vislumbrar Oscarina chispando pela porta escancarada como num toque de mágica.

Ato 2

Lívio, cachorro louco, corre pela noite uivando por Oscarina. Atravessa a via que o vira de quatro, reconhece a marca da angústia, é a esotérica mancha escorrida em forma de águia, cujo bico aponta para o cosmos oco de Oscarina.

Numa parede, muro ou escadaria (que importa) sente as pernas à deriva. Encharcado de suores de

Oscarina, e como prova de sua persistência, Lívio é todo bicho do mato. Noctívagos e até a patrulhinha da Polícia Militar ficam de prontidão: soldado bota a mão no coldre.

Nuvem de vagalumes é o que nunca falta na praça Tiradentes — madrugada dos infernos! Vociferou. Prisioneiro de súbito enfaro, Lívio tomba na calçada de concreto, cabeça e peito zunem e latejam em desespero, luzinhas neuróticas em volta.

Oscarina nem aí. Lívio fica fulo com esse pensamento bandalha. Poderia aparecer, não é mesmo? Então, é desse jeito? Aquele infeliz ex-batráquio cheio de saudades que se dane? Na real, Livio é corpo e alma translúcidos de paixão, lágrimas paradas nos olhos alvoroçados. Sem saída. Pavor, pronto.

Ato 3

Destino aceito, Lívio vai se esgueirando como um ectoplasma por corredor de sacos de lixo pútridos, miséria. No último bar da noite com os últimos. Nas portas semi-cerradas, a luz do dia é iminente.

Encostado ao balcão, Lívio dá-se a intimidades. — Chefia, dá aquele veneno, por obséquio. Nem sei se é a saideira de ontem ou de hoje (risinho amarelo). Tô pro crime, pode crer amigo! Com solenidade entorna gole, que respinga no sapato:

— Salve! Salve! Oscarina!, o eterno amor de Lívio! Viva o Lívio! — grita sem medo do ridículo.

No levar o cálice aos lábios, seu olhar é corroído pelo estupendo brilho brilhante de Oscarina aos beijos e mimos líquidos com homem que parece clone de Lívio. Assusta-se!

Como assim, Oscarina, sou ou não sou o teu Alemão de minha vida? O alemão querido, o alemão da bundinha rosada, o alemão das coxonas depiladas, que rasteja pelas paredes feito lagartixa, implorando: "me corta, "seo" desgraçado, me arrebenta, me rasga todinho, preta do capeta, "seo" preto filhodaputa? Como assim, maravilhosa?! Oscarina dos peitos bastos, dos pentelhos amazônicos, agora faz que não escuta, é isso? Ficaram moucos teus lindos ouvidos sempre tão advindos? Adoro chupar o sebinho deles!" — alivia.

Epílogo

Senhor de controle que nem imaginava ter, Lívio sorve a cachaça em duas talagadas: o álcool de 70º. e a saliva encardida de ódio e desalento. Também de vingança, aduz com pertinência. O quadro é delito premeditado sem tirar nem por. Mas, Lívio é homem de paz e devoção que só quer Oscarina para redimir-se do abandono e da traição. Que homem seria Lívio se não reagisse firme e forte com essa Oscarina de chamego com um Lívio de araque? Logo ele, Lívio, o alemão da minha vida! Ainda sussurrou o nome dela, mas quando se deu conta da fraqueza, mordeu ferozmente o nome dela, que saiu esmigalhado da boca. Bem feito, pensou meio sem jeito.

Num giro de cabeça (na juba afro, que lhe confere ares de alteza!), Oscarina vira-se: é como se intuísse que Lívio estava por perto enfezado, pronto para dar o troco. Vingança no quente. Lívio, o possesso, o assaz amante abandonado em pleno gozo e agora no encalço da fogosa Oscarina. Que lógica é essa? Lívio se pergunta, desgovernado: um anônimo cheira o cheiro do alemão de minha vida? Com quem até há pouco Oscarina degustava as carnes famélicas de Lívio? Com quem até há pouco batia valente bronha (Lívio relutou em usar a palavra, mas ela veio, pelo que se penitencia!)?

Sem outra, para susto de Lívio, Oscarina num upa interrompe o idílio com seu sósia (meu Deus, fez o mesmo comigo, o pensamento é fugaz, mas certeiro!), ei-la, no entanto, afinal e finalmente só pra ele. Será, ainda desconfiou? Aquele monumento de Eros encara Lívio como nunca antes, majestosamente.

Em câmera lenta, salto agulha, os músculos do pescoço e da coxa reluzentes, Oscarina vai levantando a saia encarnada, a taquicardia de Lívio é agônica. A cada passo, o mundo parece divinizar-se (existe isso? pois é o que lhe vem à cabeça). A proximidade do hálito criminoso de Oscarina, ao contrário do que se poderia imaginar, excita Lívio com tudo e mais alguma coisa que não consegue decifrar.

Com suave aurora irrompendo às suas costas, Oscarina enlaça um Lívio extasiado, o rosto como se ungido de inexcedível gozo. Após beijá-lo ardorosamente (línguas e saliva em alto e bom som!), rumoreja com inocente entonação:

— Alemão da minha vida, você veio! Quanto tempo, meu bem! Então, você veio! Meu alemão tarado! Amor... —

NOSSA SENHORA

— Tá onde?

— No fixo. Prefere sem cineminha, é?

— Todo poder à imaginação!

— (risinho)

— Tá onde?

— Em CASA! No quarto...

— No quarto? Onde?

— Me olhando no espelho...

— Curtindo seu corpão, eu sei. Pode ir até a cama?

— Praquê?

— Tá vestida?...

— Não estou entendendo!

— Como não, Rô!

— Ei, como sabe que me chamam de "Rô"?...

— Sei tudo de você! Já tirou a calcinha?

— Hein?

— Nuinha?!

— E, você, por acaso tá nuinho? (rindo)

— Prefere esfregar a calcinha no clit como nos filmes pornô?

— Clit? Abusado!

— Que vá! Então tire a calcinha! TIRE TUDO! Sutiã! Falei!

— Machão!

— Ulalá, esses seus mega seios, pegue neles, assim, de leve, vá lambendo o bico, vai... Deixa de onda! Gostosura? Já é um começo! É de dar água na boca!

— (cicios de saliva) Tá satisfeito?

— *Gracias a la vida*! O grelinho, tá roçando, é isso?

— Quem você pensa que eu sou? Uma de seu harém de putinhas virtuais?

— *Sorry*, tô excitado...

— Comigo não é assim, liga e pá-pá!...

— Posso perguntar? Você se depila?

— Por que, nojento?

— Pois eu adoro *big* tufo, mulher cabeluda! Deixa eu chafurdar aí nessa sua floresta encantada? Deixa...

— Nem pense...

— E no sovaco? (sorvendo saliva). Ái, Nossa Senhora que me dê forças!

— Escroto!

— Deixa de frescura, muié! É uma ordem, viu Rô (rindo)? A partir de hoje nada de raspar os pentelhos! Entendeu? Abaixo os modismos! Mulher glabra, tô fora! Gostou do "glabra"?

— Boçal! Cretino! Não sou dessas que recebem ordens!

— Nunca levou umas estocadas de língua no sovaco? Tem que estar peludinho. Pois é, tá perdendo... É orgasmo na certa!

— Você é TARADO! Tchau...

— Peraí, moçoila! Sou apenas um rapaz latino-americano cheio de amor e tesão... Ué, foi você que me autorizou te ligar...

— Se insistir nesse linguajar chulo vou te denunciar (risinho) por assédio auricular...

— Que "meda", ui! Chulo, Rô? Chiquérrimo! Escuta, me conta, reparei que você é dessas que pinta só o dedão do pé. Sensacional! Ainda tá aquele verde musgo?...

— Adivinhe... Quem mandou dispensar o celular! Agora tá cegueta!

— Estou é de olho vivo, menina: você, que já tá é toda molhadinha! CONFESSE!

— Outra dessas, eu desligo, hein? Gravo esta patifaria sua e te boto na cadeia! (riso falso)

— *Perdoname*, majestade... Sua respiração é um X9 com alto falante!

— Quem disse que eu estou a fim?

— Quer SIM! Deitada?... Então vai abrindo, AGORA! estes antológicos coxões! Desse jeito, assim... Jeitosa! Mais um pouquinho... Como se fosse pra agradar seu "coelhinho" de estimação! Acertei?

— Você só sabe falar bobagem, é isso! Não sou dessas daí...

— Teu pinguelo é grandão, tipo minipênis?

— Pode parar! Quéisso? Pirou? Me respeite...

— Tive uma impressão esquisita ontem quando nos despedimos. Cheguei a cogitar que você era trans. Ei, vai dizer que é hermafrodita! (zombeteiro)

— Esse papo tá indo longe demais!

— Sabe não? Pessoa que tem os sexos juntos e se excita com os dois! É raro, mas existe...

— Me inclua fora dessa, seu pervertido!

— Quéisso, Rô. Eros não tem limites. Posso continuar te chamando de "Rô"? Seu nome me lembra uma deliciosa odalisca que me deixava louco!

— ODALISCA?... Vá, vá, vá... (risada nervosa)

— Gostou, hein? Eros e Tânatos, Rô, são os únicos deuses que nascem com a gente, fazem parte do nosso DNA! Os outros foram inventados pelas religiões. Ih, "viajei", hã?

— Também acho...

— Rô, você já comeu um homem, Rô?

— Como é que é? Não acredito no que...

— O sonho secreto de todo homem é ter mulher com pênis, sabia? Tanto comer quanto ser comido sem sair de casa! Sacanagem a domicílio! Por que você acha que travesti faz tanto sucesso?

— (riso irônico) Meu lindo, sou normal. Filha de Maria! Batizada e crismada de véu da vó Matilde! Vou à missa todos os domingos. Mas, curto tudo que mexe com meus precipícios...

— "Precipícios" é poesia pura! Ah, adorei esse "meu lindo"...

— Tenho a cabeça feita, rapaz! Nem estaria lhe dando pelota... Sim, me toco diariamente como quem se maquia... No metrô, aquele cheiro de homem suado... Qualquer lugar, sem grilo...

— Grelo? Sem grelo? Você é operada? Bem que desconfiei...

— Cafajeste! Falei grilo, pô!...

— Adoro mulher enfezada!

— Olhaí, dou pra quem eu quiser, na hora que eu quiser! Cabeça feita, falei... Psicanalista? Tô fora! Pra ser feliz bastam os dedos e meu amado vibrador. Por sinal, ele tá aqui para te fazer inveja...

— Rô, por favor, PARE AGORA! como diz a Wanderléia! Vou acabar me apaixonando...

— Melhor não (debochando), você não ia aguentar uma mulher que tem horror a coito vaginal.

— É mesmo?

— Sabe, meu lance é *cunnilingus* de entrada e sexo anal como prato principal! O gozo é sempre MA-RA-VI-LHO-SO!

— Que tal, então, *cunnilingus* precedido de suculento *annilingus*?

— *Annilingus*?

— Sei, sei, quase não se usa. É o famoso beijo grego, ouviu falar, né, claro? Aquele sempre bem-vindo aperitivo pruma bela foda (*sorry*, bela!). Cu lubrificado é o que é. Concorda?

— (gargalhada)

— Lindona, tá a fim de me comer? Tipo ligação direta! Pelos seus dedos carnudos e longos logo vi que eles seriam o pênis PER-FEI-TO, pode crer.

— Nem sei mais por que continuo te ouvindo...

— Porque estou te fazendo você gozar em série. Rô, você é uma siririca *killer*! Acertei?

— (explosão de riso)

— Gatona, quero ter orgasmos simultâneos. Junto, no pau e no cu (mais uma vez, *lady* Rô, desculpe!). Da próstata para o mundo! Que tal?

— (risadinha)

— Viu como temos algo em comum?...

— Taí, não pensei que meus dedos tivessem tamanho poder, literalmente... Você é um degenerado profissional! Isso pra não te chamar direto, na lata, de "viado"... VIADO! PUTO!!! Pronto, falei!

— Rô, deixa disso! Eros tem artes que até Deus duvida. Tudo começou com seu andar, aquele par de pernas ao léu, um *outdoor* ambulante da maior devassidão! Rô, aquelas suas coxas me magnetizaram, DIVINA SARAGHINA! Evoé Fellini!

— Fiquei com pena... Não! Fiquei é excitada com teu olhar comilão! Por isso caprichei ao cruzar as pernas...

— Roberta, sou um coxólogo de carteirinha. Ouviu falar? Mulher pra mim começa nas coxas. Não tem umas cantoras aí que não cantam nada, mas têm um par de coxas que vou te contar? Pode crer, pernas grossas falam ao falo no ato!

— Não tô mais a fim de ouvir suas putarias, viu? Inté!

— NÃO! NÃO, Rô! Agora é que tá ficando bom... Com certeza você está encharcada, sim? Que tal, então, adorável "Pernalonga"! vamos aos finalmente? Seu mascote já tá batendo continência?

— (risada) Pare com isso, sou virgem!

— E vai continuar, ora direis! O que é que uma coisa tem a ver com a outra, hein? Espero que só nos "países baixos". E, no céu da boca, Rô?

— Você não passa de um porco machista! Nem sei por que não desligo...

— Porque você já teve seus micro-orgasmos e quer mais! Correto? Que inveja, Rô! A gente goza uma só vez e vocês... É porra espirrando o tempo todo, parece degustação de vinho! Que desperdício, se pudesse estar aí, toda gota seria macerada feito hóstia da santa missa! Sou um homem religioso, querida, dá pra notar, não é? O mais devoto dos devotos de Eros!

— Você não passa de um reles putanheiro...

— Ei, Rô, isto é BOCAGE!

— O quê?

— Deixa pra lá... Genial poeta erótico que mandou gravar no túmulo: "Aqui dorme Bocage, o putanheiro. Passou a vida folgada, e milagrosa. Comeu, bebeu, fodeu sem ter dinheiro".

— Então é isso: toda mulher só serve pra foder?

— Querida, de você só quero sentir o planger (gostou do "planger"?...) de seus dedinhos adestrados, como diria o vate, na harpa afinada desta sua carnívora bucetinha!

— Soubesse que você é desse jeito... Grosso a ponto de não medir as palavras, jamais estaria aguentando tanta sacanagem!

— Rô, amada, elogios nessa hora é Julio Iglesias na veia! De você quero ouvir meu nome gritado quando a gente chegar juntinho. Vamos nessa! Veja como sou um sujeito sem maiores ambições. Um modesto admirador de suas inacreditáveis coxas. E, lógico, de seus dadivosos dedos escoteiros: como esquecê-los quando você tirou, cheia de *aplomb* (gostou?), o cigarro da boca... Já estava parado naquelas suas pernocas criminosas, naquela penugem *dorée* ansiando por uma tórrida lambidela. Como é possível que cada coxa sua, Rô, é tão exigente, tão inflexível, sem compaixão por este mísero fã empinado só de ouvir sua voz? Acredite, deliciosa Rô, não aguento mais...

— Nunca ouvi tanta besteira! Como você é vulgar, meu Deus! Que cara escroto, sem noção! E continuo te ouvindo. Nem sei...

— Eu sei... Você nunca esteve tão excitada. Tá adorando ser engravidada pelo ouvido, não é mesmo? A primeira siririca pelo telefone ninguém esquece, é o que se diz.

— (sorrindo) Sabe, você até me diverte...

— A cada frase, Rô tesuda (valha-me Nossa Senhora!), meu pau vai ficando tão rijo como aquelas estátuas da Ilha da Páscoa... Já viu? Só falta a ventoinha dessas bochechas sardentas pra me aliviar...

— Agora, sim, pra mim chega! Perdeu a graça. *Au revoir*!

— Roberta, *believe me*, só nosso orgasmo em uníssono (uníssono é bom demais, hein, Sherazade?)...

— (risinho)

— ... só o berro primal, Rôzinha, vai nos salvar do tédio! E da solidão! O que seria da humanidade sem a luxúria? Tédio mortal! Por isso tô aqui, Rô, genuflexo, com o caralho *en las manos* que é só nervuras. OK, untado pelo cuspe cálido que se esparrama à medida que me aninho entre suas coxonas (vida eterna pra elas!) e com muito gosto titilo seu róseo botão. Titilo é o eufemismo que criei pra dizer "chupar buceta".

— Sacana!

— Me perdoa, Rô, a palavra desavisada! É uma massagem doce, *pero cumplidora*, em torno do seu inflado grelo. Ali, uma suave disputa com seus insanos toques e retoques naquele vulcão de carnes ardendo!

— (áis sussurados)

— Sinta, Rô, as mãos postas abrindo o Mar Vermelho dos seus olímpicos pentelhos! Ei, Rô, não vai me dizer que pinta suas estupendas melenas?

— Bobinho...

— Então, você já entendeu tudo, graças ao Sagrado Coração de Jesus! É que você, Rô, me transformou no mais fiel servo cuja única alforria será quando eu ouvir a saliva remoída e o enxáguo dos seus lábios na glande! Você implorando que eu não pare nunca de gozar! Jamais em tempo algum, Rô! Me esvazie todo! *For heaven's sake*, cadê você? *I am coming*, Rô! *I am coming*, querida!

— (salivando)

— Bendita feiticeira, dona das mais estupendas coxas do universo, POR FAVOR, abarque-me, estrangule-me, sufoque-me, Rô! NÃO PARE! NÃO PARE, Rô! Quero morrer enfartado...

— (risada estridente)

— ... com sua aguinha benta esguichando na garganta, Roberta! Não me deixe só com estas suas gargalhadas de Lúcifer! Rô, venha vindo, Rô, venha com tudo, inflame-se, faça o choque elétrico de teu gozo subir a jato da apaixonada fenda, pois sinto tua respiração a tropel, os melões eretos, lábios, narinas e boca em júbilo. *Oui*, Rô, a porra é toda sua, veja quanto licor ciosamente guardado pra você, Rô, minha odalisca: Ái, ái, ái, Rô, Rô! Ái, minha Nossa Senhora da Luz dos Pinhais de Curitiba, rogai por nós, pelamordedeus! —

MAMI

— EIN JUDE?! Explode.

— Sim...

Os olhos da tudesca desfraldaram aquele ódio secular. Coisa atávica, dizem.

— Ficou louca?!

— *Não foram vocês que financiaram a campanha de Hitler que levou o sacripanta ao poder em 33?*

— Gostei da boca! — Elze, inaudível.

— Sabia que é caixeiro viajante?

— *Até os comunas apoiavam ele... Os padres, os veados, as marafonas, cagada geral...*

— E aquela voz? Ah! ele falando ao telefone... Parece um pardal.

A velha chega bem próximo de Elze, em guarda.

— Caixeiro viajante é tudo pilantra. Tem amante em cada cidade, feito marinheiro.

— Quer saber, mami? Quando beija, fica me mordendo a língua.

— *Vocês não queriam aquele celerado pra acabar com a judeulândia que tinha virado a nossa amada Alemanha?*

— Ainda por cima é jogador! Daqueles... Larga do baralho nem pra tomar banho. Não deve ser muito asseado, como todos da mesma laia — tampando o nariz.

— Implicância sua. É o homem mais perfumado que já conheci!

Elze, empertigada, na ponta da cadeira, aquelas mãos lívias sobre os joelhos plenos de Eros.

— Deve ser circuncidado...

— *Hitler é o maior herói do século XX. Já reparou nas bancas? Só dá revista com o Führer na capa. Jawohl, perde até pro Fidel!*

— Ah! Isso ele é! Delícia...

— *Si, si, Fidel, o ácido dos intelectuais, pois não? Ei, sem esquecer daqueles terroristas mentais do Jdanov, Gramsci e Lukács! Os criadores do pensamento "chapa branca"!*

— Pra mim, circuncisão é pedofilia! Cinco mil anos de estupro...

— *E todos stalinistas de boa cepa!*

— Para, rabugenta! Não é coisa da raça dele. Vem da África! Como essa de cortar fora o clitóris...

— ... Nem me apresentou — fingindo decepção.

— Pra quê? Pra você ficar azarando?

— *Com Hitler a Alemanha virou o país mais adiantado do mundo. No Brasil, todo mundo adorava ele, os integralistas, os milicos, até o Getúlio...*

— Elze, depois não me venha com choro. Estou te avisando.

— Judeu bom é judeu morto. Alguém já falou isso dos índios americanos. Continua valendo...

— Vamos casar de papel passado. No mínimo vou me livrar desse teu baixo astral.

— Jogador, você é mais uma aposta!

— Não estou nem aí! Paixão deixa você prenhe antes da hora, ouviu falar?

— Logo, logo ele vai te descartar — sem se dar conta do trocadilho.

— *Os muçulmanos têm razão... Pós-verdade teu nome é Holocausto!*

— Invejosa! Duvido que você se lembre da última vez que teve um orgasmo.

— Ao menos não durmo com o Satanás que nem você!

Elze se encolhe, tira os sapatos, futuca os artelhos. Cheirando as unhas, fulmina a mãe.

— Quero ter muitos filhos com ele!

— Já pensou direitinho? E se este seu "amado" (enfatizando) perde tudo e resolve dar um tiro na cabeça, hein? Suicídio é esporte nacional pra essas hienas do pano verde.

— *Matar é a maior diversão, tá nas Sagradas Escrituras. Quem não gosta de matar o próximo? Deus foi o primeiro serial killer.*

Súbito, Elze se joga no tapete, abre as pernas, baixa a calcinha, escancara o grelho altivo em meio aos pentelhos. Eriçando a voz:

— Venha aqui, *mein Schatz, mein Geliebter Jude*! Sou toda tua!

— Nojenta! Cadê a minha adorável e doce Elzinha, oh Jesus amado?!

Ameaça chorar. Teatrinho. Elze, vacinada.

— A minha pequena ariana, olho safira, bochechas de porcelana, sangue azul, toda loirinha! O sorriso carmim...

— Agora tenho o MEU judeu. SÓ MEU! — corta, levantando de chofre.

— *Isto: de noite sai por aí atirando em traveco, de dia cospe na cara de mendigo, xinga de preto fedido o goleiro do teu time. É isso!*

— Elze, me dói dizer, mas você não passa de um monte de *mierda*! Tenho vontade de vomitar: como é que um monstro desses foi sair de dentro de mim?

— Quer saber, sua escrota, bruxa TEUTÔNICA?

Ar de mofa e surpresa com o eco do inusitado vocábulo, dispara:

— Já tô, ó! com seu netinho aqui, ó! Ó! ÓÓÓ!...

— *É pelas atitudes, pelo exemplo, nos jornais, nas redes sociais, na TV, pichando túmulos de judeu, tacando fogo em sinagoga, enchendo nordestino de porrada...*

— Te amaldiçoo para todo o sempre. Teus filhos hão de te cobrar a viuvez que esse eslavo porco vai te dar...

— *Deviam é distribuir cópias de "Mein Kampf" nas escolas brasileiras! Só assim vamos deixar de ser o país do futuro!*

Desafiante, feito lutadora de MMA, Elze cruza os braços. Não demora, explode macabra erosão da garganta e, num terrível ímpeto, a matriarca cospe no chão. De punhos em fogo avança sobre a barriga dela.

—

Sylvio Back é cineasta, poeta, roteirista e escritor. Filho de imigrantes húngaros e alemães, nascido em Blumenau (SC). Ex-crítico de cinema, em 1962 inicia-se na direção cinematográfica, tendo escrito, realizado e produzido até hoje trinta e oito filmes — curtas, médias e doze longa-metragens: *Lance Maior* (1968), *A Guerra dos Pelados* (1971), *Aleluia, Gretchen* (1976), *Revolução de 30* (1980), *República Guarani* (1982), *Guerra do Brasil* (1987), *Rádio Auriverde* (1991), *Yndio do Brasil* (1995), *Cruz e Sousa - O Poeta do Desterro* (1999), *Lost Zweig* (2003), *O Contestado - Restos Mortais* (2010) e *O Universo Graciliano* (2013).

Publicou vinte e quatro livros (poesia, contos, ensaios) e os argumentos/roteiros dos filmes: *Lance Maior* (Fundação Cultural de Curitiba (PR), 1975; Imago, Rio de Janeiro, 2008), *Aleluia, Gretchen* (Fundação Cultural de Curitiba, 1976; Movimento, Porto Alegre (RS), 1978; Imago, RJ, 2005), *República Guarani* (Paz e Terra, Rio de Janeiro/São Paulo, 1982), *Sete Quedas* (Casa Romário Martins, Curitiba (PR), 1980), *Vida e Sangue de Polaco* e *O Auto-Retrato de Bakun* (Umuarama, Curitiba (PR), 1982/1985), *Rádio Auriverde* (Secretaria de Cultura do Paraná, 1991), *Zweig: A Morte em Cena* (Instituto Goethe do Rio de Janeiro, 1995), *Cruz e Sousa - O Poeta do Desterro* (tetralíngue; 7Letras, Rio de Janeiro, 2000), *Lost Zweig* (bilíngue; Imago, RJ, 2007) e *A Guerra dos Pelados* (Annablume, São Paulo, 2008).

Poesia: *O Caderno Erótico de Sylvio Back* (Tipografia do Fundo de Ouro Preto, MG, 1986), *Moedas de Luz* (Max Limonad, SP, 1988), *A Vinha do Desejo* (Geração Editorial, SP, 1994), *Yndio do Brasil (Poemas de Filme)* (Nonada, MG, 1995), *boudoir* (7Letras, RJ, 1999), *Eurus* (7Letras, RJ, 2004), *Traduzir é poetar às avessas (Langston Hughes traduzido)* (Memorial da América Latina, SP, 2005), *Eurus bilíngue* (português-inglês) (Ibis Libris, RJ, 2006), *Kinopoems* (@-book) (Cronópios Pocket Books, SP, 2006), *As mulheres gozam pelo ouvido* (Demônio Negro, SP, 2007), *H2Horas* - antologia e DVD, org. Pipol (Dulcinéia Catadora, SP, 2010), *Quermesse* - obra erótica reunida (Topbooks, RJ, 2013), *Kinopoems* (Editora Universidade Federal de Santa Catarina, 2014); *Antologia da Poesia Erótica Brasileira* (Ateliê Editorial, São Paulo, 2015); e *Musas de carne e osso* (Editora YiYi Jambo, Assunção, Paraguai; 2017).

Contos: *7 de Amor e Violência* (obra coletiva; edição dos autores, Curitiba (PR), 1965) e reedição (Edições Criar, Curitiba (PR), 1986), e *Guerra do Brasil* (Topbooks, Rio de Janeiro (RJ), 2010).

Com 76 láureas nacionais e internacionais, Sylvio Back é um dos mais premiados cineastas do Brasil.

KOTTER
EDITORIAL

Impresso em papel pólen,
tipografia Sitka, no verão de 2019.